LES FRANÇAIS EN ALGÉRIE.

AMOUR ET VENGEANCE

PAR

FRANK-FRANCIS BARCLAY.

PRIX : 50 centimes.

PARIS

IMPRIMERIE TYPOGRAPHIQUE DE DUBUISSON

RUE COQ-HÉRON, 5.

Avril 1853.

Geneviève.

LES FRANÇAIS EN ALGÉRIE.

———— ✳ ————

AMOUR ET VENGEANCE

PAR

FRANK-FRANCIS BARCLAY.

PARIS

IMPRIMERIE TYPOGRAPHIQUE DE DUBUISSON,

Rue Coq-Héron, 5.,

—

Avril 1853.

LES FRANÇAIS EN ALGÉRIE.

—

AMOUR ET VENGEANCE.

I.

La Casbah de Bône.

C'était encore une bonne vieille citadelle, bien ruinée, bien mal bâtie, quoique le génie l'eût restaurée, que celle qui, au mois de janvier 1837, s'élevait au-dessus de la ville de Bône, qu'elle dominait de toute la hauteur du Santon.

A voir ses remparts faits de boue et de crachats, comme l'a dit avec raison l'un de nos officiers d'état-major, on jugeait qu'elle avait dû, du temps de la régence, être un abri suffisant pour les quelques soldats turcs gardiens de ses murailles, et opposer même une digue redoutable aux incursions d'Arabes imparfaitement armés.

Mais que pouvaient faire de pareils défenseurs contre la bravoure française, unie à la tactique militaire? Aussi sa reddition spontanée avait-elle

1*

amené, en peu de temps, celle de toutes les tribus de l'Eddoug et du Sahel.

Vue de l'extérieur, la Casbah avait un aspect délabré qui ne faisait augurer rien de bon de sa force et de sa solidité. Elle portait toujours le cachet de l'ignorance actuelle des Arabes en fait d'architecture.

Mais à l'intérieur, l'œil le plus strictement investigateur n'eût pu, sans prévention, ne pas apprécier la minutieuse symétrie de ses moyens de défense, et le censeur le plus exigeant aurait rendu justice à la rare sagacité de celui qui, dans un espace aussi exigu, avait su placer un matériel prodigieux sans encombrement ni confusion.

A l'époque dont nous parlons, la Casbah de Bône s'était transformée en un boulevart imposant, où était réuni tout le matériel d'une artillerie des mieux approvisionnées.

Les nombreuses bicoques turques qui se pressaient autrefois dans son enceinte n'avaient point entièrement disparu; mais beaucoup avaient été démolies pour faire place à un bâtiment gracieux et coquet autant que solide. Construit à l'européenne, il était presque honteux de se trouver en si pauvre compagnie, mais aussi très fier de servir de demeure à tous les officiers du 17e léger casernés dans ses murs.

Autour de lui se dressaient les logements appropriés tant bien que mal à la troupe. Plus loin, une fumée noire et épaisse décelait les cuisines.

Au-dessus de tout cela, un bâtiment octogone

dressait cavalièrement sa tête dans la partie la plus apparente et la plus élevée.

C'était la poudrière!

Auxiliaire puissante de la France, c'est elle qui vomissait chaque jour de ses flancs les nombreuses munitions de guerre qui devaient faire peu à peu courber sous le joug le front orgueilleux des su-perbes *Parisiens de Constantine*, et prospérer nos armes au milieu des tribus remuantes de Sétif et du Sahel, jusqu'aux limites du Grand-Désert.

De toutes parts elle montrait, adossées à ses murailles, de nombreuses pyramides de boulets, qui, au jour du combat, savaient mieux que les murs de la Casbah porter l'épouvante au sein des tribus insoumises.

De nombreuses pièces de canons, amalgame choisi de pièces ottomanes et de pièces françaises, ouvraient leurs gueules béantes aux meurtrières, et, sentinelles silencieuses, planaient sur les cam-pagnes environnantes, n'attendant que le signal de l'attaque pour tonner avec furie, et déverser le ravage et la mort dans les rangs des ennemis assez insensés pour venir, dans un moment de délire fanatique, troubler le calme de leur solitude.

II

Le Garde d'artillerie.

Le 31 janvier 1837, dès l'ouverture des portes, la Casbah avait pris un aspect animé. Les ouvriers de tous genres s'étaient portés vers la poudrière et s'étaient mis avec ardeur au travail ; les uns apportaient des cartouches, les autres les encaissaient, ceux-ci les clouaient, ceux-là les chargeaient sur les mulets, tandis que les militaires casernés dans la citadelle couraient en ville faire des provisions de toutes sortes. Chacun s'occupait de son travail sans trouble ni confusion, grâce à la sagacité du garde d'artillerie Bardin, qui, chargé spécialement du service de la poudrière, s'acquittait avec bonheur et exactitude des moindres détails de sa charge. — Courant de l'un à l'autre, il savait gourmander à propos le paresseux, adresser une parole encourageante au plus diligent, donner un conseil ou aider de sa personne.

Sa figure, animée par le travail, portait les marques de la satisfaction intérieure qu'il ressentait de voir exécuter ses ordres avec promptitude. Mais sous ce visage paisible, cette physionomie riante, l'œil le moins observateur eût reconnu sans peine que parfois un nuage de tristesse venait assombrir ses traits et se trahissait dans le pli de sa lèvre ou la ride de son front.

Mais ce nuage était passager ; car alors Bardin

s'arrêtait, tournait la tête du côté de la poudrière et l'examinait avec attention pendant quelques instants, comme s'il eût voulu en percer les profondeurs de son regard brûlant.

Il s'arrachait à cette contemplation muette avec effort, et cherchait, en s'occupant, à distraire son esprit des noires idées qui s'en étaient emparées.

Après s'être assuré que tout allait au gré de ses désirs, il s'essuya le front pour enlever la sueur qui ruisselait sur ses joues, il bourra sa pipe, et s'appuyant à demi sur la roue d'un canon, il envoya en l'air de nombreuses bouffées de fumée.

Gaspard-Jacques Bardin était un homme de haute stature, de quarante-cinq à cinquante ans. Taillé en hercule, il joignait à une respectable physionomie toute la force et la vigueur de la jeunesse. Ses cheveux étaient presque blancs; mais depuis quelques mois seulement ils avaient subi cette transformation, et bien des gens en ignoraient la cause. Sa moustache n'était plus frisée avec soin comme autrefois, et maintenant, coupée en brosse, elle donnait à sa figure une rude sauvagerie, que tempérait ordinairement une bonhomie bienveillante, relevée par l'éclat de ses yeux encore vifs et perçants. Tout en lui annonçait une santé robuste.

Appartenant à une honnête famille de laboureurs bretons peu aisés, le sort l'avait appelé sous les drapeaux à vingt-et-un ans, et il avait dû partir. Peu après son arrivée au corps, son père était mort, lui laissant un modique héritage.

Sa sœur lui restait pour tout lien de famille : douce et infortunée créature, se soumettant sans murmurer aux décrets de la Providence, mais ne pouvant se livrer à aucun travail, faute d'un bras qu'elle avait perdu dans son enfance.

Bardin aimait sa sœur d'une amitié pure et sainte. Il comprit que son indigence et sa pauvreté éloigneraient d'elle tous prétendants au mariage ; il frémit à l'idée de l'isolement qui serait son partage au milieu d'une société qui la rejetterait de son sein, qui l'accablerait de son mépris, au lieu de la secourir. Et encore, la secourir... quels secours ?... l'aumône !... Il se serait plutôt dépouillé de tout ce qu'il avait en sa possession que de la laisser à la merci de la charité publique. Aussi, sans hésiter, lui fit-il l'abandon volontaire de l'héritage paternel, lui assurant ainsi une petite rente qui lui permît de subvenir aux besoins les plus impérieux.

Dieu bénit son bienfait.

Parti ignorant de son village, il apprit à l'école régimentaire les premiers éléments qui lui manquaient. Puis il se fit remarquer par son exactitude à remplir son devoir, sa tenue propre et soignée, son aptitude aux exercices. En peu de temps il s'attira la bienveillance de ses chefs, et au bout de trois ans, il était maréchal-des-logis dans un régiment d'artillerie.

Heureux et content de sa position, fier d'avoir assuré l'existence de sa sœur, dont il recevait de temps en temps les nouvelles les plus satisfaisantes, il forma le projet de se créer une position assurée dans la carrière militaire.

Désigné en 1823 pour l'armée d'Espagne, il partit avec le plus grand plaisir. Le sang-froid et la bravoure qu'il déploya en plusieurs circonstances ne tardèrent pas à le faire remarquer par des chefs supérieurs, qui voulurent le pousser. Mais le dicton militaire l'emporta : il ne savait pas assez *écrire sur le papier*. Toutefois, à son retour, l'ordre royal de Saint-Ferdinand brillait sur sa poitrine, et le ministre lui avait annoncé que le roi l'autorisait à accepter cette décoration.

Après avoir fait partie d'une batterie de campagne dans la Péninsule espagnole, il fut, sur sa demande, dirigé sur Anvers avec une batterie de siége. Là encore, son courage brilla d'un nouveau reflet. Chargé de surveiller une pièce, il communiqua à son lieutenant quelques idées heureuses, et ayant changé quelques pièces de place, en quatre bordées bien nourries il détruisit les principaux ouvrages d'un batterie casematée, d'où partait sur les assiégeants un feu tellement meurtrier, que les ouvrages commencés avaient dû être suspendus de ce côté.

Deux jours après, la place était prise.

L'officier, contre l'usage assez commun, laissa tout l'honneur de l'entreprise à celui qui l'avait menée à bonne fin, et Léopold, charmé de pouvoir témoigner sa satisfaction, voulut nommer Bardin officier dans l'un de ses régiments. Mais il récusa cet honneur, et préféra le service de la mère-patrie. Cependant il accepta une seconde étoile, que le roi des Belges voulut bien attacher lui-même sur sa poitrine en lui donnant l'accolade.

Au milieu des camps, et tout en faisant la guerre, il avait toujours eu un souvenir pour sa sœur. Recevant une solde modique, il savait encore économiser pour lui envoyer de temps à autre quelques légers secours; aussi ne cessait-elle de le combler de ses bénédictions.

Il reçut enfin la récompense qu'il avait tant de fois méritée par son courage et ses bonnes œuvres. Quelques jours après la prise de Bône, la place de garde d'artillerie y fut créée par le ministre de la guerre, et elle fut conférée à Bardin, quoiqu'il ne fût pas très fort en comptabilité.

Il vivait à la Casbah exempt de tout souci, attendant tranquillement sa retraite pour aller finir ses jours dans son pays natal, lorsqu'il apprit la mort de sa sœur bien-aimée. Il pleura et prit le deuil, car sa douleur était profonde et ses regrets sincères! Il osa même accuser le ciel d'injustice... Il lui reprocha de lui avoir ravi le seul objet de son affection avant qu'il eût pu lui dire un dernier adieu; de lui avoir enlevé sa sœur chérie, pour laquelle il s'était imposé mille privations, sans qu'il eût pu lui fermer la paupière...

Cependant, peu à peu les plaies de son cœur se cicatrisèrent, l'amour prit la place de l'amitié, et il songea sérieusement à se marier. Sa sœur vivante, il eût craint de souiller son cœur en le vouant à une affection étrangère. Mais elle n'était plus, et il éprouvait plus que jamais le besoin d'avoir une compagne pour égayer son intérieur.

Après s'être scrupuleusement interrogé, Bardin se dit qu'il pouvait rendre une femme heureuse, et que sa petite fortune le mettait à même de procurer quelques jouissances à celle qui voudrait s'unir à son sort.

En conséquence, il prit un parti décisif.

III.

La Demande en Mariage.

Par une belle matinée du mois de mai, Bardin se mit en frais de toilette, s'*astiqua* de la tête aux pieds, et, coquet et pimpant, il descendit à Bône. Entré par la porte du quartier de cavalerie, il parcourut la rue Neuve dans toute sa longueur, tourna l'angle que forme aujourd'hui le café Ours, et se trouva bientôt en face d'un escalier en bois qu'il franchit avec rapidité.

Il entra dans une chambre grande et bien aérée, recevant le jour par deux croisées donnant sur une rue de derrière. A droite, un lit minutieusement étiré, au-dessus duquel se balance un ciel à l'antique, d'où s'échappent les nombreux

2

replis des inévitables rideaux bleus à carreaux blancs. Tout auprès, une armoire en noyer, légèrement entr'ouverte, montre à l'œil satisfait plusieurs piles de linge bien blanc, soigneusement rangé sur les rayons de sapin. A gauche et près de la cheminée, des étagères fixées au mur supportent la batterie de cuisine frottée au sable. Au-dessous se dresse un gracieux potager, duquel s'exhale l'arôme d'un dîner tout-à-fait appétissant. Une table, placée entre les deux croisées et couverte de l'attirail de guerre d'une repasseuse, complète, avec quelques chaises, l'ameublement de cette chambre, où l'œil ne pourrait remarquer la plus petite toile d'araignée sur les murs blanchis à la chaux.

— Bonjour, mère Boulard! — dit Bardin, s'asseyant sans façon sur une chaise et s'adressant à une femme qui, debout devant la table, repasse en chantant un air de bourrée; — il paraît que la santé est bonne ce matin... je vous trouve gaie comme un pinson?

—Ah! c'est vous, monsieur Bardin?— fit cette dernière sans se déranger. — Quel bon vent vous amène? Vous devenez de plus en plus rare, sans qu'on puisse en savoir la cause.

— Le travail presse, et...

— Le travail presse, dites-vous?... Bah! bah! il ne presse pas tant que l'on ne puisse venir, à la brune, dire de temps en temps bonsoir à ses amis.

—Ma foi! c'est vrai.... mais cependant on y regarde à deux fois avant de descendre, car il y a passablement de chemin de la Casbah à Bône, surtout pour remonter.

— Oh! je ne dis pas cela pour vous faire un reproche. Puisque vous voilà, vous déjeûnez avec nous, n'est-ce pas?

— C'est selon... Mais où est M. Boulard?

— Il est au travail et ne tardera pas à rentrer; mais il n'est plus aussi gai qu'auparavant.

— Il est donc devenu maussade depuis tantôt quinze jours que nous ne nous sommes vus?

— Maussade... oh! ce n'est pas le mot... mais bourru, sombre.

— Que lui est-il donc arrivé?

— Un malheur.

— Un malheur! — fit Bardin avec anxiété.

— Ah! oui, un malheur qui nous regarde tous, mais qui nous a frappés diversement. J'en ai été malade dans les premiers moments, et puis cela m'a passé tout de suite, tandis que lui en a eu pour plusieurs jours à reprendre son assiette ordinaire.

— Qu'est-il donc arrivé? — dit Bardin en l'interrompant.

— Je lui avais pourtant bien prédit, — continua la repasseuse tout en travaillant, — que cela tournerait mal; cependant il n'a pas voulu me croire. Aussi, si ce qui est arrivé est arrivé, c'est bien de sa faute; car, nous autres femmes, nous avons toujours un secret pressentiment des affaires, surtout des mauvaises, et avec un peu plus de tact, il eût compris à l'avance que j'aurais raison.

— Mais vous ne m'avez pas encore expliqué le motif de son changement d'humeur.

— Ah! c'est juste... Eh! bien, dernièrement il avait chargé un brick, partant pour Marseille, de dattes, figues sèches, caroubes et autres denrées; l'argent de la dot de notre Geneviève avait été employé aux achats et pouvait être doublé si le navire arrivait à bon port... mais il s'est perdu en face du fort Génois.

— Hein! — fit Bardin en proie à une violente émotion, — le brick *la Belle-Amélie* s'est perdu?

— Perdu corps et biens... Est-ce que vous aviez quelque chose à bord? — demanda Mme Boulard en se retournant.

— Non, Dieu merci!...

Puis il ajouta en lui-même :

— Coquin de sort! le père Boulard doit m'en vouloir du conseil que je lui ai donné et qui cause sa ruine. Eh! moi qui croyais la chose sûre et qui l'ai décidé à faire cette expédition!... Mais, — continua-t-il en relevant la tête et en s'adressant à Mme Boulard, — tout espoir n'est peut-être pas perdu, et peut-être aussi a-t-on ajouté trop facilement foi à de faux bruits?

— Ce fut aussi ma première parole quand on nous annonça cette fâcheuse nouvelle. Je fis monter mon mari à cheval, et il partit au galop pour le fort Génois... Ah! si vous l'aviez vu à son retour!... Il était pâle, mais pâle... c'était à faire peur... Il est resté deux jours dans un abattement profond; mais à force de le tourmenter, j'ai fini par le faire sortir de cet état alarmant, et il m'a raconté ce qu'on lui avait dit. Par le grand vent qu'il a fait jeudi dernier, *la Belle-Amélie* a levé l'ancre pour gagner la haute mer, puisque le mouillage n'est pas sûr en cas de gros temps. Mais par malheur, les matelots, sachant qu'on devait appareiller le lendemain, avaient bu outre mesure, et ils étaient tous ivres. Ils n'ont pu prendre le large assez promptement, et une forte rafale a poussé le navire contre les rochers du fort des Cigognes. Une large voie d'eau s'étant déclarée à l'avant, l'équipage, dans la confusion du premier moment, n'a pu exécuter ponctuellement les manœuvres ordonnées par le second, et quelques instants après, le brick sombrait en face du fort Génois, à une portée de canon de la côte!...

— Mais personne n'a péri, je pense?

— Au contraire... pas un seul n'a échappé. J'avais bien dit à Boulard ma façon de penser à l'égard de ce capitaine Loupeur, dont le nom est aussi laid que celui qui le porte; mais il n'a pas voulu me croire... Plusieurs personnes assurent qu'il n'était pas à bord au moment où le brick a levé l'ancre, et cependant il n'a pas reparu; seul, son corps n'a pu être retrouvé. Au fait, mort ou vivant, notre malheur est réel, trop réel même... Mais je suis consolée; car, enfin, il faut se faire une résignation : à quoi nous servirait, je vous le demande, de nous faire du mauvais sang? En serions-nous plus avancés? cela nous rendrait-il ce que nous avons perdu? Non! le découragement s'en mêlerait, et certes, dans notre position, nous n'avons pas besoin d'un pareil auxiliaire. Aussi, voilà ce que j'ai dit à mon pauvre cher homme : Nous avions travaillé pour faire une dot à Geneviève ; nous lui avions amassé un petit pécule ; un malheur nous fait tout perdre... c'est donc à recommencer. Elle est grande maintenant, nous lui avons fait apprendre un état, elle joindra ses épargnes aux nôtres, et petit à petit, ça reviendra !

— Vous avez de la philosophie, mère Boulard.

— Philosophie, morale, tout ce que vous voudrez, monsieur Bardin... mais je sais fort bien qu'il ne faut pas se laisser décourager par quelques revers de la fortune, car elle est trop inconstante.

— Mon affaire est meilleure que je ne le pensais... — se dit Bardin en lui-même.

Puis il ajouta tout haut, mais avec quelque hésitation dans la voix :

— Et quelles sont désormais vos... intentions et celles de votre mari à l'égard de Geneviève, car enfin elle est en âge d'être... mariée ? elle ne peut toujours rester fille.

— Oh ! nos plans sont bien changés !... Cependant nous ne voudrions pas la donner au premier venu. Eh ! — ajouta-t-elle en poussant un soupir, — elle marche sur sa vingt-deuxième année. Vous savez qu'à cet âge la jeunesse est difficile à surveiller ; aussi, je vous le dis à vous parce que vous êtes un ami, je la verrais marier avec un bien grand plaisir.

— Mais je pense que les prétendants ne manquent pas?

— En effet. Le petit Colson est revenu plusieurs fois à la charge; mais Geneviève ne peut le sentir, avec son collier rouge... D'ailleurs, chacun sait qu'il a vécu avec une fille fort mal famée, et sous aucun rapport il ne peut nous convenir : il n'a pas le sou vaillant... Le boucher de la place s'est présenté, puis le peintre Benvenuti; mais le premier a déjà épousé deux femmes : vous pensez qu'on en dit plus que l'on n'en croit à son sujet. Le second est Italien...

— C'est là tout?

— Absolument tout.

— La place est donc vacante?

— Tout ce qu'il y a de plus vacant en fait de prétendants.

— Mais Geneviève a sans doute quelque affection que vous ne connaissez pas?

— Je l'ignore. Cependant je crois pouvoir affirmer qu'elle m'en aurait fait la confidence, car elle sait trop bien que je l'aime assez pour l'aider de tout mon pouvoir et plaider sa cause près de son père s'il faisait quelques difficultés.

— Vous êtes une bonne mère, madame Boulard, et votre fille, en imitant votre conduite et se laissant guider par vos conseils, ne peut que devenir, elle aussi, une bonne mère de famille. Je sais par expérience qu'elle est sage, laborieuse, économe, car, depuis longtemps, j'ai l'honneur d'être admis parmi vous : j'ai donc pu apprécier ses qualités. Elle est pourvue de toutes celles qui font une excellente ménagère, et bien heureux sera celui qui sera accepté pour époux ! Je jurerais qu'elle ne le fera jamais repentir de son choix et qu'elle sera une véritable source de consolation pour celui qui la prendra pour sa femme... C'est dans cette espérance que je viens vous offrir un mari pour elle, en priant Dieu qu'il puisse vous convenir !...

Et sa voix, de plus en plus émue, expira sur ses lèvres en prononçant ces dernières paroles.

La repasseuse avait écouté parler Bardin avec une joie indicible, sans l'interrompre, les yeux fixés sur lui et retenant son haleine, car il parlait de sa fille en en disant du bien. Mais à peine eut-il fini, qu'elle courut vers lui en s'écriant :

— Ah ! monsieur Bardin, est-ce bien vrai ce que vous me dites là ?... Vous venez me proposer un mari pour ma fille ?... Mais présenté par vous, vous devez être sûr qu'il sera bien accueilli !... Il fallait l'amener. Est-il jeune ? beau ? galant ? bien fait ? riche ?... Où est-il ? où demeure-t-il ?... Ah ! répondez donc !...

Mais le pauvre Bardin avait la langue clouée au palais : il avait peur de lui en ce moment. Stupéfait, anéanti par le flux de paroles de son interlocutrice, il était assis sur sa chaise comme un accusé sur la sellette, et ne savait plus quelle contenance tenir, tant elle le fascinait de son regard inquisiteur.

— Ah ! ça, voulez-vous parler ? — s'écria encore, avec une colère contenue, la repasseuse, que ce silence irritait, et le saisissant par un bras, qu'elle secouait avec violence : — Maudit homme, va!... Mais regardez-le donc: il est blême comme un Saint-Jérôme en cire... Comment! vous qui vous disiez tout-à-l'heure un ami de la famille, vous avez une bonne nouvelle à m'annoncer, et vous paraissez indécis comme un mauvais écolier qui ne sait pas sa leçon. Oh! c'est par trop fort!

— Pardon, mère Boulard, — fit celui-ci avec un suprême effort et une voix étranglée, — ne vous emportez pas ainsi, car une indisposition subite... mais ce que j'ai à vous dire est... si... c'est que, après tout...

— Mais parlez donc! expliquez-vous!...

— C'est que je craignais de vous fâcher... et puis... Allons, je vais dire de nouvelles bêtises... Cependant il faut en finir, car enfin elle ne me mangera pas! — se dit tout bas Bardin,—lâchons le grand mot!...

Et il se remit un peu.

— Vous voyez pourtant bien que je ne suis pas en colère! — fit la mère Boulard se contenant à grand'peine.

—Eh! bien, je vais vous parler à cœur ouvert, car autant vaut maintenant que plus tard, puisque je suis trop avancé pour reculer... Je ne suis en ce moment le messager de personne, mère Boulard. Depuis longtemps j'aime Geneviève et désire en secret l'unir à mon sort!... Ma sœur est morte, et mon cœur est libre de toute affection;

j'ai une petite fortune qui me permet de lui assurer de douces jouissances pendant ma vie et un sort heureux après ma mort... Si vous daignez m'accepter pour gendre, croyez que je serai flatté de votre choix, et que je m'efforcerai de rendre votre fille heureuse !...

— Et vous hésitiez à parler ! — exclama la repasseuse avec des larmes dans la voix ; car à mesure que Bardin parlait, une révolution s'était opérée dans tout son être. Sa colère était tombée comme par enchantement, et les marques de la sensibilité la plus expansive se manifestaient sur son visage naguère si animé.

— Oh ! vous êtes doué d'un noble cœur, monsieur Bardin !... — continua-t-elle. — Vous n'êtes pas un faux ami, vous, au moins ; vous ne repoussez pas ceux qui vous confient leurs peines et leurs chagrins... Oh ! me demander ma fille en mariage au moment où je vous annonce notre ruine, c'est le fait d'une grande âme ! nous tendre la main dans notre infortune, c'est l'action d'un bon cœur, et Dieu vous bénira !... Après vous avoir considéré et estimé comme un ami, il me sera bien doux de vous aimer comme un fils, car votre conduite présente ne dément pas celle que vous avez tenue envers votre sœur... Aussi, je ne sais comment vous exprimer l'admiration que j'éprouve pour vous !...

Bardin, aussi ému que la bonne mère Boulard, lui tendit les bras, et ils se tinrent pendant quelques instants étroitement embrassés et versant des larmes de bonheur !...

IV.

Le père et la mère Boulard.

La mère Boulard, quoique assez avancée en âge, était encore bien conservée. Si sa vie active et laborieuse avait tracé quelques rides sur son front, en revanche sa figure conservait toujours une teinte de santé et de contentement faisant plaisir à voir, et qui excitait l'envie de quelques-unes de ses voisines, plus jeunes, mais moins fraîches. Par un travail assidu et intelligent, elle savait procurer à son ménage une douce aisance, qu'entretenait encore une économie bien entendue, et qui permettait de transformer en belles et bonnes épargnes le produit du travail de son mari, infatigable charretier employé à transporter les matériaux du génie militaire.

Le petit ménage avait donc plus que le nécessaire.

Quoiqu'un peu curieuse, comme le sont presque toutes les femmes, la mère Boulard avait sur ses semblables le précieux avantage de ne pas négliger d'impérieux devoirs pour aller caqueter avec Julie, la marchande de cigares, ou la boulangère arlaise, porte-nouvelles du quartier. Quoique peu fortunée, elle avait toujours quelque secours à offrir gracieusement aux malheureux. Religieuse au fond du cœur, elle vivait pour ainsi dire au jour le jour, et confiait philosophiquement à la

Providence le soin de son bonheur à venir. Mère de famille, elle avait compris qu'elle devait désormais prêter un nouvel appui aux deux créatures confiées à sa sollicitude. Elle avait supporté sans faiblir le coup qui était venu la frapper, avait consolé sa fille, chassé le désespoir du cœur de son mari, et gardé pour elle seule l'amertume du calice.

Le projet d'union qui venait de lui être proposé lui était apparu quelquefois dans ses rêves d'avenir pour l'établissement de sa chère Geneviève; elle l'avait caressé avec bonheur et s'était même promis de le mettre à exécution, pourvu qu'aucun des deux partis ne l'accueillît avec répugnance; et voilà qu'au moment où elle l'avait totalement oublié, Bardin se présentait de lui-même!...

Oh! en voyant l'abnégation complète de cet homme, qui tremblait en lui demandant la main de sa fille, elle fut touchée au cœur d'une amitié bien vive... car il était à son aise, lui, il avait une position honorable, celui à qui elle venait de confier ses chagrins, la ruine de ses espérances, la perte de ses économies... et il se présentait en sauveur, lorsque tout autre se fût retranché dans les limites d'un froid égoïsme ou d'une complète indifférence.

C'en était fait, et dès ce jour, pour elle et pour son mari, Bardin était de la famille.

. . . .

Dès que le père Boulard et sa fille furent rentrés au logis, Bardin, retenu à dîner par sa belle-mère future, prit place sans cérémonie à la table commune, et le repas fut fort gai. Le matin, en effet, il était venu, timide et incertain, pour demander en mariage une fille jeune et belle, que son âge et ses avantages personnels ne lui donnaient aucun espoir d'obtenir; mais il apprend que, par des circonstances fortuites, la fortune a bien voulu compenser ses mauvaises chances et qu'il peut espérer. Aux premiers mots qu'il hasarde, on le reçoit à bras ouverts... Oh! alors, ne doutant plus du succès, il se livre à toute la joie dont son cœur déborde; il anime la conversation par des saillies piquantes qui l'étonnent souvent lui-même; il chasse le nuage qui obscurcit le front du bon vieux Boulard, et ramène une gaieté franche au milieu de ses hôtes. Parfois il glisse adroitement des remerciements à la bonne mère, et sait dire mille choses aimables à sa fiancée sans paraître en rien ridicule.

Après le repas, Bardin prend le père Boulard sous le bras, l'emmène au café, et là, entre la demi-tasse de rigueur et le verre de punch de complément, il lui fait dans les règles la demande de la main de sa fille.

— M'acceptez-vous pour gendre? — lui dit-il en terminant.

— Corbleu! si je vous accepte... mais c'est beaucoup d'honneur pour nous, — s'écrie le père Boulard légèrement ému, — et je n'oserais pas refuser... Ma femme et ma fille seront de mon avis, corbleu! ou sinon...

Et un vigoureux coup de poing, appliqué sur la table de marbre, achève sa pensée, qui se fond au milieu du choc des verres et du cliquetis des cuillers contre les parois des tasses.

—Revenez dîner avec nous demain, faites votre proposition à Geneviève, et dans quinze jours la noce !...

On ne pouvait être plus expéditif en une affaire de ce genre.

Lorsque Bardin et Boulard avaient quitté le logis, Mme Boulard avait attiré sa fille auprès d'elle, et lui avait dit :

— Un mari s'est présenté pour toi, ma chère Geneviève... Tu es en âge d'être mariée, et il est de toute nécessité que tu te fasses un sort indépendant. Songe que nous sommes âgés, ton père et moi, que d'un moment à l'autre nous pouvons mourir, et que tu te trouverais alors seule, sans parents, sans amis qui pussent te protéger au milieu de cette ville étrangère. Nous avions quelques épargnes, amassées avec peine pour te faire une petite dot, pour t'assurer, autant que cela nous eût été possible, un avenir heureux; mais tu connais le malheur imprévu qui nous a tout fait perdre, et tu comprends qu'à notre âge nous ne pouvons plus travailler comme autrefois. Bardin s'est présenté avec d'excellentes intentions : tu le connais depuis assez longtemps pour qu'il soit inutile que je te vante les avantages qui te reviendraient de cette union. C'est un ami de la famille. Ton père et moi verrions votre hymen avec le plus grand plaisir... Sa belle conduite envers sa sœur infirme, la demande qu'il m'a faite de ta main au moment où je lui annonçais nôtre ruine complète, me sont des garants certains de ton bonheur à venir... Crois-en l'expérience de ta mère. Il est plus âgé que toi, il est vrai; mais sa prudence te sera utile, et en te laissant guider par ses conseils, l'envie et les mauvaises langues viendront s'émousser à ta porte... Maintenant, ma fille, réfléchis à ce que tu as à faire, et quand tu auras bien réfléchi sur ce que je viens de te dire, tu viendras me rendre compte de la résolution que tu auras prise, et crois bien que ton père ni moi ne chercherons aucunement à contraindre tes goûts !...

Puis, voulant lui donner du temps et lui éviter une réponse trop hasardée si elle eût été trop prompte, la bonne mère avait déposé un baiser sur le front de sa fille, l'avait reconduite jusqu'à sa petite chambre en lui continuant ses conseils, puis elle était venue se remettre à son travail.

V.

Mademoiselle Geneviève.

C'était une petite chambre bien coquette que celle de Mlle Geneviève, où tout était simple, mais rangé avec art : un vrai boudoir de jeune fille, exhalant un parfum de fraîcheur et d'innocence, où rien ne manquait, ni la commode en noyer, ni la petite psyché en acajou, ni le bénitier dans la ruelle, ni le bouquet bénit suspendu aux rideaux blancs au-dessus du chevet du lit. Elle aimait à s'y retirer, dans ses moments de loisir, pour s'entretenir avec elle-même ou pour livrer son esprit aux visions mensongères des châteaux fantastiques, qu'elle se plaisait à édifier avec la rapidité d'un architecte magique.

A peine sa mère lui eut-elle donné congé, que Geneviève s'enferma chez elle, non pour réfléchir à ce qu'elle venait de lui dire, car c'est à peine si elle l'avait écoutée, et n'avait par conséquent pas songé à lui répondre; mais pour lire ou peut-être pour relire à son aise une lettre placée dans sa poche, et qu'elle avait froissée à plusieurs reprises pendant le repas, comme si son contact lui eût brûlé les doigts.

Elle s'assit sur le pied de son lit, ouvrit la lettre et la lut avec avidité.

Geneviève entrait alors dans sa vingt-deuxième année. C'était ce qu'on appelle une jolie femme, et « faite au tour, » comme disait son père dans ses moments de gaieté. Elle avait tous les avantages que l'on recherche dans une femme dont on veut faire la compagne de sa vie. Elle savait relever à propos la blancheur de sa peau, la fraîcheur de son teint, l'éclat de son regard, par une coquetterie exquise, mais exempt de superbes prétentions. Une légère teinte de tristesse obscurcissait parfois son front; mais la mélancolie la rendait ravissante. Simple dans sa parure, pour se conformer aux avis de sa mère, elle avait soin cependant de donner à la jupe de sa robe une ampleur ondoyante qui faisait ressortir avec avantage la majesté de sa démarche, tandis que le corsage, terminé en pointe allongée sur le devant, dessinait avec précision la finesse de sa taille souple et déliée, et les contours gracieusement modelés de sa gorge mignonne. Ses cheveux noirs, tressés en larges bandeaux, étaient relevés sur le sommet de la tête et retenus par un peigne en écaille. Un joli petit bonnet de tulle garni de dentelle et orné d'un ruban rose complétait sa coiffure.

Nonchalamment assise sur le pied de son lit, elle tenait encore, mais sans la regarder, la lettre qu'elle venait de lire, et ses yeux, fixés au plafond, annonçaient que son esprit voltigeait dans les régions qu'il parcourait si souvent.

Bientôt elle ramena ses regards vers la terre, la lettre s'échappa de ses doigts entr'ouverts sans qu'elle fît un mouvement pour la retenir, et un profond soupir s'échappa de son cœur oppressé.

— Oh! pourquoi, — s'écria-t-elle en gémissant, — ne puis-je concilier en même temps toutes les exigences de ce monde redoutable avec les sentiments secrets qui ont subjugué mon cœur? Oh! Charles, toi mon unique amour, que ne peux-tu lire dans mon âme la douce impression que me fait éprouver ton étreinte, quand, palpitante dans tes bras, animée par la musique du bal, je me laisse aller aux amoureux transports d'une valse enivrante?... Pourquoi, au milieu des protestations d'amour qui ruissellent dans tes lettres, ne se glisse-t-il pas une parole de consolation? Et pourtant je t'aime! oh! oui, je t'aime comme jamais créature n'a aimé!... Cependant à toi, jeune et brillant officier, je ne puis être unie!... Qu'adviendrait-il si mon amour, plus fort que le devoir, plus fort que mon courage, m'entraînait dans tes bras? Quelle serait désormais ma position au milieu des miens? La honte et le désespoir!... Oh! je ne me sens pas le courage d'affronter les regards outrageants qui m'accueilleraient à mon passage dans la ville! Je ne pourrais affronter ce respect humain qui fait d'une créature faible et malheureuse un objet de mépris et d'abjection!... Oh! que ne sommes-nous unis?... Mais c'est impossible!...

Et sa tête se penchant sur sa poitrine gonflée par les sanglots qu'elle comprimait avec effort, elle resta plongée dans d'amères réflexions.

. . . .

La gendarmerie de Bône était commandée à cette époque par M. Charles Rolle, lieutenant en premier, jeune homme élégant et de bon ton, d'un physique agréable, doué d'un excellent caractère et d'une éducation plus variée que solide. Issu d'une famille de souche noble de la Haute-Auvergne, ses parents l'avaient poussé selon leurs

moyens; mais d'un caractère insouciant et léger,
il avait glané dans ses études ce qui avait le plus
flatté ses goûts, c'est-à-dire le romanesque, ce qui
n'excluait pas chez lui la connaissance parfaite de
son métier. Il s'était engagé à dix-huit ans dans
un régiment de cavalerie, avait fait les premières
campagnes de la guerre africaine, et avait déployé
en mainte circonstance un courage à toute épreuve
et un sang-froid imperturbable en présence de
l'ennemi. Plus tard, il était entré comme sous-
lieutenant dans la gendarmerie, à l'époque de la
création de ce corps en Algérie, et occupait à trente
ans le poste de lieutenant en premier. Connais-
sant parfaitement les usages du monde, il était
admis dans les meilleures sociétés, où son caractère franc et sociable, son amabilité, sa tournure
élégante et sa conversation enjouée le firent bien
voir des femmes. Il avait fait tourner la tête à plus
d'une beauté; beaucoup le savaient, et malgré
cela, elles se laissaient encore prendre. L'excuse
de leur défaite se trouvait justement dans la fai-
blesse du cœur pour un si galant et si beau cavalier.

La chaumière située sur la route du Caroubier
venait d'être construite; un emplacement convenable avait été ménagé tout auprès, et parfois, le
dimanche, les habitants de Bône venaient s'y dé-
lasser des fatigues de la semaine en se livrant au
plaisir de la danse.

M. Charles Rolle, comme bien d'autres officiers,
y était allé pour admirer le beau sexe, peu nombreux encore à cette époque en Algérie. Là, il

avait rencontré Geneviève et lui avait fait la cour, non pour l'épouser, mais pour se procurer un passe-temps et éloigner la monotonie de la vie de garnison.

Geneviève connaissait la réputation de Charles, et pourtant elle n'avait pu s'empêcher de l'écouter. Il était si gracieux! il causait si bien!... Puis peu à peu elle s'était mise à l'aimer de toutes les forces de son âme. Elle comprenait bien pourtant qu'elle ne pouvait prétendre à l'épouser; mais son amour ne calculait pas. Charles lui avait écrit des lettres comme il en écrivait à toutes les femmes, et elle les avait reçues avec plaisir; puis elle les avait lues avec avidité, relues avec transport, et peu à peu le poison s'était tellement infiltré dans son cœur, qu'il en avait pénétré toutes les fibres.

Cependant Geneviève ne cédait pas!...

Alors Charles employa un autre moyen : il se plaignit amèrement, mais d'une manière détournée, de la rigueur de celle qui ne savait pas répondre à l'amour qu'elle avait inspiré; il la traita d'ingrate et de perfide... Geneviève fut ébranlée, et elle se demanda ce qu'il fallait faire.

Après avoir bien réfléchi sur la dernière lettre qu'elle vient de recevoir, elle se lève; sa figure est rayonnante, mais la tristesse la couvre cependant d'un voile... Elle ramasse la lettre qu'elle voit gisante à ses pieds, et la relit à haute voix.

« Adorable Geneviève!

» Si l'Amour descendit jamais sur la terre pour

présider à la naissance d'une créature, ce fut certainement le jour où votre mère conçut l'heureuse idée de vous mettre au monde. En attisant ses fourneaux pour l'heureux accomplissement de votre création, le dieu malin qui y présida dut mettre en jeu toutes ses facultés, car s'il vous a pourvue de toutes les grâces qui font aimer, chérir et respecter, il a bien voulu vous donner aussi un cœur de rocher et vous gratifier de quelques-uns de ces aimables défauts qui, développés chez vous par l'usage du monde et les moyens naturels, ont fini par faire de votre aimable personne un ensemble de touchante candeur et de désespérante cruauté.

» Autant votre cœur est inaccessible à un amour tendre et passionné que le devoir vous fait considérer comme défendu, autant vos yeux sont d'enchanteurs assassins, et si l'on pouvait mourir des traits acérés que lancent leurs prunelles scintillantes de voluptueuse cruauté, combien de victimes n'auriez-vous pas déjà faites !

» De votre bouche toujours rieuse partent sans cesse de nouveaux traits que rendent plus séduisants encore les sons doux et mélodieux de votre voix. Mais vous êtes inaccessible à la douleur que vos mépris ont fait naître dans mon cœur... De votre taille souple et déliée s'échappent chaque jour de nouveaux liens qui viennent enchaîner de plus en plus à votre char un trop téméraire adorateur, dont le plus grand crime a été de vous voir, de vous aimer, et d'oser vous le dire !...

» O femme cruelle! cœur insensible! laisserez-vous mourir dans les angoisses du désespoir un cœur qui s'est voué à vous pour toujours, et qui vous a édifié un autel dont vous êtes l'ange tuté-laire?

» Mais je m'égare!... Que dis-je? ne ferais-je pas mieux d'arracher de ma poitrine ce cœur qui n'eût jamais dû battre pour une ingrate et une inhumaine? Vous ne sauriez le comprendre!... Ah! vous dire que l'on vous aime serait inutile, car votre cœur, aussi froid que le marbre, est fermé à tous les sentiments instinctifs de l'amour, et s'il se dilate parfois, amoureusement caressé par le plaisir, c'est lorsqu'il en voit un autre se morfondre sous le dédain que vous lui prodiguez si largement, ou s'anéantir dans les tortures de l'attente!...

» Depuis trop longtemps je souffre, depuis trop longtemps je soutiens une lutte qui me tue... Ge-neviève! écoutez-moi, agréez ma prière... la prière d'une âme en peine... cédez, ou je meurs!... »

—Eh! bien, oui, je cèderai, oh! mon Charles! Mon amour l'emporte sur le devoir!... — s'écrie Geneviève en proie à une exaltation fiévreuse. — L'avenir me prouvera si tu es digne de ce sacri-fice!...

. . . .

Quinze jours plus tard, la mosquée de la rue de Constantine, nouvellement accordée au culte catholique, était parée mme pour un jour de fête. On y célébrait un mariage, le premier du culte romain depuis qu'elle était sanctifiée.

C'était celui de Gaspard-Jacques Bardin et de Geneviève Boulard.

La noce fut brillante. La société était choisie.

Parmi les conviés, on remarquait un brillant officier de gendarmerie, très empressé auprès de la mariée, au point que si un étranger avait été appelé par le hasard à voir l'intérieur du bal qui eut lieu après le repas de noces, il eût juré volontiers que l'époux fortuné, le héros de la fête, était M. Charles Rolle... Il aurait pu même démêler, dans la couronne artificielle qui ornait le front de la jeune et charmante épousée, un tout petit triangle formé par un souci, une rose jaune et une pensée!...

VI.

Un Déjeûner à Hippone.

Huit mois s'étaient écoulés depuis le mariage, et pour Bardin la lune de miel n'avait été qu'un songe. Le bonheur qu'il avait cru devoir goûter dans son union avec Geneviève s'était transformé en amertume; les jours s'étaient écoulés sans plaisirs et sans joie, les nuits avaient passé sans sommeil. Bien des fois, au milieu d'une somnolence agitée, un songe lui dévoilait les scènes les plus poignantes : il voyait sa femme prodiguant à un rival des caresses qu'elle n'avait jamais eues pour lui, à qui elle les devait seules, et semblant le narguer des bras de son amant, où elle allait chercher un refuge pour insulter à son désespoir !... Cependant il ne s'était jamais plaint. Il était jaloux, mais il avait de justes raisons pour l'être... Souvent, à son réveil, il s'apercevait que sa femme avait quitté ses côtés, pour ne rentrer que tard dans la matinée. Où allait-elle ainsi à pareille heure ? qui l'appelait en ville ? Il ne le lui avait jamais demandé, mais il savait à quoi s'en tenir, car un jour il l'avait suivie jusqu'à la porte de l'officier de gendarmerie : elle y était entrée à cinq heures du matin pour n'en sortir qu'à neuf heures.

Puis des amis ne l'avaient-ils pas averti que maintes fois elle avait été rencontrée suspendue au bras de M. Rolle. Il n'ignorait pas non plus que les courses à cheval et les promenades en bateau étaient très fréquentes. — Que dire à cela ? Bardin renfermait ses douleurs en lui-même et se taisait : il eût, en racontant ses peines, trouvé de nouveaux aliments pour les raviver.

Par un effort suprême, il prit un jour sa femme en particulier pour lui adresser quelques sages remontrances, et lui faire part des bruits scandaleux qui planaient sur sa conduite. Mais aux premiers mots qu'il lui dit, elle lui ferma la bouche d'un ton tellement impérieux, que le malheureux Bardin n'osa plus lui adresser la parole à ce sujet.

—Savez-vous,—lui dit-elle,—que je me moque des cancans et des cancaniers, et que ceux qui les écoutent ne valent pas mieux qu'eux? Je suis une femme honnête, et comme je ne veille point sur la conduite des autres, je ne reconnais à personne le droit de veiller sur la mienne. Du reste, je me conduis honorablement, et chacun ne peut en dire autant... On voit bien une paille dans mon œil, mais ceux qui parlent mal de moi ne voient pas la poutre qui va les écraser chez eux. Quand je descends en ville, je vais voir ma mère, et ne commets jamais d'actes capables de vous déshonorer. Ainsi, ne cherchez pas à élever des doutes sur ma vertu, car celui qui soupçonne est justement le plus susceptible d'être soupçonné... Eh ! je vous en avertis, comme je ne veux pas que de pareilles scènes se renouvellent, à la première de cette espèce je retourne chez mes parents !...

Bardin, anéanti par tant d'aplomb, n'avait pas répliqué, et cependant il savait toute la vérité; mais il aimait trop sa femme pour vouloir la faire rougir devant lui. Il prit donc le parti extrême : il se tut et souffrit en silence.

Pauvre infortuné ! que le malheur accablait de tout son poids, que le ciel abandonnait à ses propres souffrances, et qui dépérissait sans proférer une plainte !...

.   .   .   .

Le 31 janvier 1837, jour où nous sommes arrivés, au moment où dix heures sonnèrent à l'horloge de l'hôpital, tous les ouvriers de la poudrière cessèrent leurs travaux, et Bardin resta seul. Il les vit s'éloigner d'un œil morne et éteint, sans accorder la moindre attention à leurs saluts respectueux. De bien tristes réflexions préoccupaient son esprit : sa femme était sortie depuis le matin avec le domestique...

Il se souleva avec effort du siége improvisé sur lequel il était assis, remit sa pipe dans sa poche, ferma les portes de la poudrière, et se dirigea à pas lents vers sa demeure, située un peu plus loin. Son visage n'avait plus cette teinte d'enjouement qui animait sa physionomie, quelques heures auparavant, au milieu des travailleurs qu'il dirigeait. Une expression toute de douloureux désespoir l'avait remplacée. Sa figure était sombre, le feu de son regard éteint, tout son corps s'affaissait sous le poids de la douleur, et cependant, du haut de l'horizon, le soleil radieux dardait ses rayons enflammés sur la vaste étendue d'une mer calme et unie, que ridait parfois le souffle léger d'un zéphir caressant; les figuiers, encore verts, répandaient autour d'eux leur ombre protectrice; les oiseaux, cachés sous la feuillée, enchantés de ce printemps qui n'avait pas encore fui, se réjouissaient en gazouillant dans leur langage les louanges de l'Éternel. Toute la nature enfin, contente et joyeuse, se mouvait dans une atmosphère brillante de vie et de prospérité.

Mais le cœur de l'infortuné Bardin ne pouvait

s'ouvrir aux joies de la nature, car il était dominé par un funeste pressentiment!... Une voix intérieure lui criait sans cesse :

— Aujourd'hui, ton âme se noiera dans les larmes et se tordra dans les crispations de la jalousie... mais ton déshonneur ne finira que lorsqu'elle sera anéantie dans le froid de la mort!...

A ce moment, une barque légère, conduite par deux vigoureux rameurs, se détacha du rivage ; elle glissa sur le cristal de l'onde, ne laissant après elle qu'un léger sillon ; puis elle gagna la haute mer. Après quelques évolutions incertaines, ainsi qu'un voyageur égaré qui cherche sa route au milieu des sables mouvants du Sahara, elle vira de bord, nagea avec rapidité vers l'embouchure de la Seybouse, et disparut bientôt au milieu des roseaux qui bordent la rivière. A peine eut-elle touché le rivage, qu'une jeune femme, vive et légère, s'élança sur le sable, en faisant tomber à l'eau le képy d'un officier assis à côté d'elle.

— Au plus adroit et meilleur pêcheur, messieurs, — s'écria-t-elle, — de rattraper la coiffure de son chef !

Plusieurs sabres s'allongèrent à la fois vers le pauvre képy entraîné par le courant ; mais personne ne fût parvenu à le ressaisir, si, d'un coup d'aviron, l'un des rameurs maltais, n'eût rapproché les distances.

— Il faut convenir que vous devenez incompréhensible, quand vous le voulez, madame Bardin, — dit l'officier en sautant à terre à son tour, et

feignant plus d'humeur qu'il n'en avait réelle-
ment. — Je mets un képy neuf pour la première
fois, et vous l'exposez incontinent à servir de pâ-
ture aux poissons... Vous êtes une méchante, et
je ne vous pardonne pas cette farce-là !

— Vous ne me pardonnez pas, dites-vous? —
fit Mᵐᵉ Bardin en minaudant.

— Non, car c'est trop mal à vous de me faire
toujours des niches à propos de rien.

— Vous êtes susceptible, mon beau lieutenant.

— Pas autant que vous êtes méchante, madame.

— J'en conviens pour vous faire plaisir, monsieur; mais dites que vous me pardonnez...

— Non pas !

— Non?

— Non.

— Bien sérieusement?

— Oh! très sérieusement.

— Ah! vous voulez faire le têtu, monsieur !...
Regardez-moi... là, bien en face, sans rire... Mais
vous riez !

— Du tout.

— Allons, embrassez-moi, et qu'il n'en soit
plus question.

— A ce compte-là, vous savez bien que je suis
toujours pris, mais pourtant j'accepte de grand
cœur.

— C'est bien heureux !...

Et la paix fut scellée par un baiser.

Les ruines d'Hippone n'étaient éloignées que

de quelques minutes. On se mit en marche pour s'y rendre. Le lieutenant guidait la petite troupe et soutenait le bras de Mme Bardin. Huit gendarmes marchaient après eux, grands et forts gaillards, armés jusqu'aux dents, qui servaient à la fois de flanqueurs, d'escorte et d'éclaireurs. La marche était fermée par un seul individu, Espagnol de naissance, soldat à la Légion étrangère, dont l'accoutrement moitié bourgeois moitié tourlourou, la tournure ainsi que la mine justifiaient assez le nom de Misère que lui avait donné Mme Bardin depuis qu'il était à son service. Il portait sur la tête un grand panier volumineusement garni, d'où s'échappaient çà et là le goulot d'une bouteille ou le manche d'un gigot.

A cette époque, Hippone n'était pas encore un lieu de pèlerinage; le tibia de saint Augustin, exposé aujourd'hui à la vénération des fidèles, n'avait pas encore été découvert dans les ruines; le monument pieux élevé à la mémoire de ce prélat célèbre n'existait pas encore, confié en garde au cynisme de quelques Turcos, et la curiosité seule y amenait l'antiquaire, jaloux de disputer au temps quelque tronçon de colonne, ou envieux de retrouver, sous les dards aigus de l'aloès et le feuillage épais du laurier-rose, les vestiges de l'ancienne splendeur de cette cité florissante. Pour les natures mélancoliques et méditatives, c'était un lieu solitaire où elles venaient réfléchir à leur aise sur le plus ou moins de stabilité des choses d'ici-bas, ou commenter à loisir l'irréfragable arrêt du destin, qui veut que là Bône s'élève riche et florissante,

Tandis que pierre à pierre Hippone disparaît.

Cependant, comme plus un endroit est solitaire, plus il est dangereux de le fréquenter, surtout en Algérie, et comme plus un Arabe a coupé de têtes de *roumis* (chrétiens), plus il croit avoir de droits au paradis du Koran, l'autorité militaire s'était vue contrainte de proscrire les promenades à Hippone, à moins que les visiteurs ne fussent en nombre imposant et bien armés ; car souvent de trop imprudents explorateurs, ayant négligé les précautions de défense les plus simples, avaient laissé leur corps dans les ruines, tandis que leur tête, suspendue à la haute selle du cheval d'un *Arbico* (Arabe), allait courir la plaine et augmenter les trophées sanglants de l'ennemi. Or, comme en thèse générale toutes les femmes ont l'esprit contradictoire, qu'elles aiment beaucoup à goûter à un fruit défendu ou à faire ce qu'elles ne devraient pas, Mme Bardin s'était imaginé un beau jour d'aller faire un déjeûner champêtre dans les ruines d'Hippone, et M. Rolle, en homme qui connaît les usages du monde, n'avait pu lui refuser ce léger caprice, et pour lui complaire, il avait mis en campagne une brigade de sa troupe, sous les ordres d'un brigadier. En cas de paix, les bons gendarmes devaient sans gêne participer au festin ; mais aussi, en cas d'attaque, ils avaient de bonnes carabines et les cartouchières bien garnies.

Après quelques minutes de marche, la petite troupe arrive aux ruines ; on choisit une place convenable à l'ombre d'un figuier gigantesque qui cache l'entrée d'une voûte bien conservée, et Geneviève donne à Misère les ordres nécessaires pour qu'il étale commodément sur le gazon les provisions apportées ; puis chacun se dirige de son côté pour aller à la découverte, avec promesse de ne pas trop s'écarter et de ne pas faire attendre le déjeûner. Geneviève s'éloigne appuyée sur le bras de Charles, et les gendarmes, le mousqueton sur l'épaule, le sabre au crochet et les pistolets à la ceinture, disparaissent au milieu des buissons d'aubépine, entremêlés de palmiers-nains et de lauriers-roses.

Mais comme les curiosités sont rares, au bout d'une demi-heure ils ont tout vu, la campagne a l'air tranquille, et ils reviennent prendre place autour du déjeûner symétriquement organisé par Misère. Mais Charles et Geneviève ne reviennent pas : personne ne les a revus depuis leur départ. Quelques minutes s'écoulent, et les convives inquiets s'apprêtent à fouiller tous les coins des ruines pour les retrouver, malgré les avis du vieux brigadier, qui leur répète sans cesse : « Patience ! ils ne sont pas perdus... ils se retrouveront... » lorsque tout près d'eux les branches de l'arbre s'entr'ouvrent et livrent passage aux deux retardataires, aux acclamations de tous.

Geneviève rougit et paraît embarrassée... mais Charles sourit et frise sa moustache; le sourire qui plisse sa lèvre est même légèrement moqueur. Il ne paraît pas s'apercevoir de l'air courroucé de sa charmante compagne, et c'est avec une affectueuse amabilité qu'il l'invite à choisir une place. Elle ne lui répond pas, et va s'asseoir loin de lui.

— Ah! ça, mon lieutenant, à la guerre comme à la guerre, — dit le brigadier avec un petit air narquois, — mais un soldat ne doit pas quitter ses armes, et vous n'avez plus votre épée.

— Allons, vieux farceur, va donc voir si tu la trouveras, là, dans quelque coin.

— Oh! volontiers.

Geneviève ne paraît pas avoir entendu la remarque; mais voulant prendre le pain, elle pose la main sur le verre du brigadier, et avale son contenu. Elle va se mettre en colère, car Charles a suivi son mouvement, et il sourit davantage. Mais le brigadier reparaît.

— Voici votre épée, mon lieutenant, — dit-il. — Mais je ne puis comprendre qui a pu laisser ce petit chiffon dans le tas de feuilles sèches qui est au fond de la citerne, à moins que madame ne s'y soit assise pour se reposer...

Geneviève, pour le coup, ne savait plus quelle contenance tenir, et il nous serait difficile de dire ce qu'elle eût fait en cette circonstance, si Charles ne fût venu à son secours et n'eût changé la tournure de la conversation.

— Passez-moi ce mouchoir, vieux Cerbère, —

dit-il à son brigadier, — et buvons un coup, car je trouve qu'il fait passablement chaud, quoique nous soyons au mois de janvier... A vos santés, messieurs!...

Mme Bardin seule n'a pas l'air d'être contente; mais personne ne fait attention à la charmante bouderie qui anime son visage. M. Rolle l'agace, mais elle ne répond pas; elle est colère, humiliée même, et tant que sa mauvaise humeur n'aura pas trouvé quelqu'un sur qui elle puisse la faire retomber, elle ne retrouvera pas sa gaieté.

—Misère! — s'écrie-t-elle tout-à-coup, — pourquoi n'êtes-vous pas allé me chercher de l'eau? Vous savez pourtant bien que je ne bois pas de vin pur. Je vous l'ai dit souvent, et je vous le répèterai toujours, vous ne savez rien faire, vous n'êtes qu'un imbécile!...

Le malheureux Espagnol reste interdit de cette apostrophe et ne sait que répondre.

—Mais, ma chère Geneviève, — dit l'officier, — vous cherchez à ce garçon-là une querelle d'Allemand.

—Laissez-moi, monsieur, je ne vous parle pas, moi!

—J'en conviens. Mais veuillez me dire, je vous prie, dans quoi il serait allé vous chercher de l'eau. Avait-il des ustensiles propres à cet usage?

— Il devait s'en procurer.

— Ce serait chose facile à Bône; mais ici le cas est différent.

— Vous croyez?

— Certainement... à moins qu'il n'eût fait la découverte d'un vase antique.

— Vous êtes aimable, très aimable même !

— Convenez au moins qu'il a beaucoup mieux fait de soigner notre déjeûner que de le laisser gaspiller par l'un de ces gaillards-là...

Et il montra du doigt un chakal dont le museau pointu venait d'apparaître à un trou du mur, et qui se sauva en aboyant.

— Eh ! bien, c'est cela, prouvez-moi que j'ai tort, et faites-moi de la morale pour m'apprendre à vivre.

— Ce ne serait guère le moment, qu'en dites-vous ?

— Je dis que vous avez un vilain caractère, et que depuis ce matin vous ne cherchez qu'à me contrarier.

— Dites au contraire que je ne cherche qu'à vous contenter.

— On ne s'en douterait pas.

— Si ces voûtes pouvaient parler, elles rendraient au moins témoignage de ma sincérité.

— Vous êtes une mauvaise langue !

— Est-ce parce que je dis la vérité ?

— Mais taisez-vous donc !

— Quand vous aurez fait la paix.

— Allez-vous recommencer ?

— Quand il vous plaira.

— Croyez cela et buvez de l'eau claire, vous engraisserez, mon beau lieutenant... Misère, — dit-elle d'un ton infiniment plus aimable que la première fois, — prenez la bouteille que ces messieurs ont vidée, et allez nous chercher de l'eau bien fraîche à la source qui se trouve dans ce petit bois de palmiers-nains...

— Êtes-vous encore fâchée? — demanda l'officier après un instant de silence.

— Pourquoi me faites-vous cette question?

— Mais pour savoir ce qu'il y a à craindre ou à espérer de votre colère.

— Je ne crois pas en avoir eu.

— Contre moi?

— Mais non.

— Je le croyais... N'importe, faisons tout de même la paix aux conditions de ce matin.

— Oh! c'est inutile! — fit Geneviève en faisant une moue fort gentille.

— Et pourquoi est-ce inutile?

— Parce que du moment où il n'y a pas eu d'offense, il n'y a point de paix à faire, et partant, point de pardon à accorder.

— Bravo! vous avez fini par en convenir...

Tout-à-coup, plusieurs coups de fusil, partis d'une distance très rapprochée, tirèrent les convives de leur joyeuse occupation.

Geneviève poussa un cri d'effroi.

D'un bond, chacun fut debout, la carabine au poing.

Et Misère apparut pâle comme un spectre.

— Ah! par saint Jean de Compostelle et Notre-Dame de Lorette! — s'écria-t-il en se jetant à corps perdu au milieu des gendarmes pour y chercher un refuge, — qu'ai-je donc fait au ciel? Je n'ai qu'une tête, et je vais la perdre, c'est sûr... ils vont nous la couper à tous!...

— Qu'y a-t-il? — demanda le lieutenant sans paraître inquiet. — Qu'as-tu vu?

— Il y a... j'ai vu des Arabes là, là et là ! — fit l'Espagnol en indiquant plusieurs points différents.

— Sont-ils nombreux?

— Je crois qu'oui... Ils m'ont presque tué!...

Et sans qu'on pût tirer de lui un mot de plus, il s'agenouilla et se mit à réciter des *Pater* et des *Ave Maria* pour conjurer le danger.

— Ah! ça, vieux dur-à-cuire, — dit l'officier en s'adressant à son brigadier, — tu vas nous donner un conseil, car quelquefois il en sort de fort bons de ta tête.

— Ma foi! — répond le brigadier, qui sait que souvent son officier lui demande des avis, et cela pour n'en faire toujours qu'à sa tête, — il me semblerait, sauf contradiction, que le meilleur parti serait de regagner la barque, et de planter là le reste du déjeûner, puisque nous ne pourrions l'emporter.

— Ah! vieux chakal, — fait M. Rolle en lui frappant sur l'épaule, — tu dis cela parce que nous avons une femme avec nous... Allons! en route, et dépêchons!...

VII.

Le Pressentiment.

La petite colonne se mit en marche en bon ordre. Cette fois, Mme Bardin et Misère se trouvaient au centre. A peine furent-ils à l'entrée des ruines, que d'un coup-d'œil ils purent juger de leur position. Un nombre considérable d'Arabes s'avancèrent vers eux sans bruit, mais aussi sans ordre. Fort peu étaient armés, et si de nouveaux renforts ne leur arrivaient, on pouvait conserver quelque espoir.

Le lieutenant fit faire halte : ils étaient à couvert pour le moment.

— Mes amis, — dit M. Rolle, — il faut nous battre, puisque la retraite nous est coupée; mais si vous pensez comme moi, ils ne nous auront pas vivants.

— Corbleu! — fit le brigadier, — on en a bien vu d'autres... et l'on a des cartouches! — ajouta-t-il en promenant un regard interrogateur sur ses subordonnés.

— Suffit! brigadier, — dit le plus ancien, — nous savons ce que nous avons à faire, et rira bien qui rira le dernier...

— C'est bien, camarades! — reprit l'officier.— C'est au moment du danger que l'on connaît les braves... J'aime à vous voir dans des dispositions conformes à mes sentiments... Nous ne pouvons

5

rester ici, parce que, l'ennemi approchant, nous serions trop à découvert; mais là, derrière ces figuiers, se trouve un abri sûr...

Et il offrit son bras à Geneviève.

M. Rolle avait remarqué que le vent soufflait dans la direction de Bône. Or, il avait fait ce calcul fort simple : parmi les personnes qui avaient connaissance de son excursion à Hippone, il s'en trouverait certainement une qui entendrait la fusillade quand elle serait engagée, et un peloton de chasseurs ou de spahis viendrait indubitablement à son secours, car à cette époque on était continuellement sur le qui-vive.

A peine la petite troupe eut-elle disparu derrière les figuiers, que les Arabes parurent à l'entrée des citernes. Ils furent étonnés de ne voir personne; mais l'un des assaillants indiqua bientôt à ses camarades le refuge des fugitifs. Tous s'y précipitèrent à la fois; mais au moment où les plus audacieux allongeaient les bras pour écarter les branches et se frayer un passage, une voix douce, mais légèrement vibrante, se fit entendre.

— Joue... feu!... — fit la voix.

Et huit indigènes, frappés en pleine poitrine, roulèrent au pied de l'arbre, comme pour faire aux assiégés un rempart de leurs corps.

— Bien touché, messieurs! — dit la même voix.

— Continuez encore quelques instants sur ce ton, et la danse ira bien...

Et Geneviève, s'élançant dans le fond de la citerne, alla s'asseoir sur le tas de feuilles sèches.

Aucune émotion ne se trahissait sur sa physionomie. Calme, et sereine, confiante dans la valeur de son amant, elle attendait tranquillement l'issue du combat.

Les gendarmes déposèrent leurs carabines, et prirent en mains leurs pistolets.

Surpris de cette décharge inattendue, les Arabes s'arrêtent indécis; mais bientôt, animés par la mort des leurs, ils n'hésitent plus, ils s'élancent plus furieux, et... huit tombent encore!... Un cri de rage part de tous les points à la fois! Une minute d'hésitation lui succède, et cette hésitation est encore fatale aux assiégeants, car huit nouvelles victimes couvrent la terre de leurs corps inanimés, — et huit pointes d'acier, brillantes comme des escarboucles, montrent leurs dards acérés à travers l'épais feuillage du figuier, opposant une digue redoutable à l'ennemi en fureur.

Pendant ce temps, le lieutenant a rechargé les carabines de ses braves, aidé dans ce travail par Geneviève, qui ne veut pas rester oisive et qui lui passe les cartouches.

De leur côté, les Arabes avaient aussi tiré plusieurs coups de fusil; mais ils n'avaient provoqué sous la voûte ni plaintes ni gémissements, ce qui dénotait que les assiégés n'avaient éprouvé aucune perte, et cependant les assiégeants en avaient fait de très sensibles. C'est que ceux-ci tiraient au hasard sur un ennemi rendu invisible par le labyrinthe obscur du feuillage, tandis que chacun des assiégés pouvait, dans la foule compacte qui se ruait devant lui, choisir sa victime et l'abattre avec certitude.

Il serait impossible de peindre le cruel désappointement qui s'empara des Arabes à la vue des leurs tombés sous les balles des gendarmes, et dont les cadavres jonchaient la terre. La rage et la colère durent faire place à d'autres sentiments, car ils s'éloignèrent d'un mouvement spontané, en rabattant les capuchons de leurs burnous sur leurs yeux. Arrivés à l'entrée des citernes, ils s'arrêtèrent et se groupèrent en masse.

Pendant ce temps, les intrépides gendarmes rechargeaient leurs armes. Jusque-là, le silence le plus complet avait régné parmi eux.

— Eh! bien, — dit Geneviève, — sont-ils partis?

— Pas encore... — fit d'un ton laconique le brigadier, qui observait jusqu'au moindre mouvement des Arabes.

— Que font-ils donc?

— Ils tiennent conseil, ma chère! — répondit Charles en enlaçant la taille de Geneviève avec ses bras.

— Est-ce qu'ils vont venir nous attaquer encore? — continua-t-elle en appuyant sa jolie tête sur l'épaule de l'officier.

Puis elle ajouta à voix basse, de manière à n'être entendue que de son amant :

— Oh! mon Dieu, Charles, que je suis heureuse d'être près de toi!...

Leurs lèvres se touchaient... ils n'étaient plus au danger...

— Je crois que le danger est passé maintenant,
— fit un gendarme en s'adressant au brigadier.

— Je le crois aussi, — répondit ce dernier, —
car je connais le gibier. Au lieu de renouveler
l'attaque, ils vont plutôt venir nous demander la
grâce de les laisser enlever leurs morts, et ils en
ont passablement pour cette fois. Je ne comprends
pas qu'ils aient tenu si longtemps, car l'affaire a
été chaude, et nous les avons reçus convenable-
ment. Leur tenacité d'aujourd'hui est pour moi
une énigme, et il faut qu'ils nous aient jugés auparavant capables de les indemniser largement
de leurs peines... après notre mort, s'entend...

— Mais il me semble qu'en voilà un qui s'a-
vance vers nous, — observa un autre gendarme
en interrompant le brigadier.

En effet, un Arabe s'approchait, le capuchon
rejeté en arrière, les bras nus, et tenant à la main
une branche de laurier-rose qu'il avait arrachée
près de là. Quand il fut à deux pas de la citerne
cachée par le figuier, il s'arrêta, et élevant en l'air
sa branche de laurier, il cria d'une voix forte et
claire :

— Français, m'entends-tu?

— Que nous veux-tu? — répondit le brigadier,
qui baragouinait quelque peu d'arabe.

— Faire une trève avec toi.

— Pour nous couper ensuite plus aisément la
tête, n'est-ce pas? — fit le brigadier en ricanant.

— Oh! je le jure par le Koran et Mahomet, qui
est le prophète du vrai Dieu, il ne vous sera fait

aucun mal si vous nous accordez ce que je viens vous demander.

— Et si nous ne l'accordons pas, qu'en adviendra-t-il?

— Que nous chercherons alors à l'obtenir par la force.

— Il me semble cependant que l'essai déjà tenté tout-à-l'heure ne vous a guère réussi; je crois même qu'une nouvelle tentative vous réussirait encore moins...

— C'est que nous vous avons attaqués sans motifs, pour le seul plaisir de vous tuer et de profiter de vos dépouilles, nous trouvant en nombre supérieur et parce que nous croyions la chose facile; aussi Mahomet ne nous a pas prêté son assistance, et nous avons expié notre faute par la perte des nôtres... Mais désormais nous défendrons une cause sacrée en nous battant contre vous, car je viens, au nom de mes camarades, réclamer les corps de nos amis et parents pour les inhumer dans les tombes de notre tribu. Si vous vous refusiez à cette œuvre sainte, votre Dieu vous abandonnerait à vos propres forces, notre prophète nous prêterait son secours, et vous vous repentiriez peut-être de votre inhumanité!...

Celui qui parlait ainsi était un bel homme, paraissant avoir une trentaine d'années; si toutefois il est possible de supputer à vue d'œil l'âge d'un Arabe. Il parlait avec force et chaleur, et son air avait quelque chose d'inspiré en prononçant ces dernières paroles. Il se tut, et, dans un attitude fière et silencieuse, il attendit la réponse de son interlocuteur, dont il ne pouvait voir les mouvements à travers les branches de l'arbre, mais à la loyauté duquel il se fiait sans crainte.

Le brigadier se retourna, et appela son lieutenant pour lui expliquer ce que leurs ennemis demandaient. Celui-ci s'arracha à la douce extase dans laquelle il était plongé, et fit transmettre ainsi sa réponse :

— Comme après ce qui vient de se passer, nous ne pouvons nous fier à votre loyauté, vos sentiments ne nous étant pas connus, et qu'il serait difficile à un Français de bien scruter la conscience d'un Arabe, nous voulons avoir des garanties et agir avec prudence. En conséquence, voici ce que mon chef m'a chargé de te dire, afin que tu le transmettes aux tiens : le plus influent d'entre vous, celui en un mot qui vous commande en ce moment et qui est la cause de la perte que vous avez faite, viendra se mettre entre nos mains pour nous servir de sauve-garde jusqu'à notre barque; les tiens s'éloigneront à deux cents pas pour nous permettre d'effectuer notre retraite, et lorsque nous serons embarqués, il sera libre d'aller les rejoindre. Vous pourrez alors ensevelir les corps de vos parents et amis comme vous l'entendrez; nous ne leur ferons ni insulte ni profanation; nous éviterons même de les regarder...

— Allah kermi! — dit l'Arabe.

Et il s'éloigna pour rejoindre les siens, qui l'attendaient avec impatience.

Une discussion très animée s'éleva parmi les Arabes, comme cela arrive presque toujours dans leurs assemblées, où tous veulent parler à la fois; mais cette discussion fut de courte durée. Les conditions faites par les Français ne leur parurent pas déraisonnables, car on les vit se lever en masse et s'éloigner.

Le parlementaire revint seul.

— Eh! bien, quelle réponse apportes-tu? — demanda le brigadier dès que l'Arabe se fut un peu approché.

— Les chrétiens sont des ennemis généreux, qui savent rendre le bien pour le mal, — répondit-il; — aussi les miens ont-ils accepté avec empressement les conditions qu'ils nous ont imposées. Tu peux juger toi-même de ce que j'avance : vois-les arrêtés là-bas sur le bord du bois... Je te jure par Mahomet qu'ils ne bougeront pas avant mon retour!... Quant à moi, Mohammed-el-adj-ben-Abdallah, leur chef, je me mets à ta disposition pour te répondre sur ma tête de la sincérité de mes paroles !

— C'est bien ! — dit l'officier.

— En route, alors, et dépêchons-nous ! — fit Geneviève d'un ton préoccupé, — il commence à se faire tard...

La petite troupe se remet en marche dans le même ordre que le matin; mais Mohammed est placé en tête entre deux gendarmes, gaillards bien déterminés qui, le pistolet au poing, sont prêts à lui briser la tête à la moindre tentative d'évasion.

Cette fois, le brigadier ferme la marche, afin de mieux observer l'ennemi; il a l'air indifférent, mais on retrouve dans son regard l'assurance du vieux chasseur à la piste du gibier et qui sent son sanglier à une lieue; il explore chaque buisson et flaire l'ennemi à distance.

Après quelques instants de marche, on arrive enfin à l'endroit où sont restés les Maltais, qui, couchés sur le sable, sont profondément endormis. Tout le monde s'est embarqué, à l'exception de Mme Bardin, qui est restée sur la rive avec Misère : elle considère l'Arabe, qui s'est arrêté à quelques pas de la barque. Il paraît que quelque chose la préoccupe vivement, car elle n'entend pas son amant qui l'invite à venir prendre place près de lui, et elle ne voit pas qu'il lui tend la main pour l'aider à descendre. Sa figure, ordinairement mobile et capricieuse, a pris une teinte de gravité qui lui sied à merveille. Elle a l'air d'hésiter... Tout-à-coup cependant elle tire Misère à l'écart, et lui parlant à l'oreille :

— M'aimes-tu bien? — lui dit-elle.

— Oh! oui! — fait-il en portant la main sur son cœur et en poussant un profond soupir.

— Eh! bien, veux-tu gagner une récompense?

— Oui... mais laquelle? — demande l'Espagnol en regardant Geneviève avec une effronterie qui lui fait baisser les yeux.

— Un baiser bien appliqué sur chaque joue... — répond-elle d'un ton décidé et en baissant encore plus la voix.

— Parlez vite... que faut-il faire?

— Peu de chose.

— Qu'est-ce?

— Enfoncer ton couteau tout entier dans la poitrine de cet Arabe...

Et elle désigne Mohammed, qui, immobile et silencieux, ne se doute pas que cette jeune et jolie femme, par un caprice bizarre, veut lui arracher la vie, lui qui la prendrait volontiers pour une houri échappée du paradis de Mahomet.

La brune figure de l'Espagnol se rembrunit encore plus à la réponse de Geneviève; il garde le silence, mais il porte la main à sa poche.

— Acceptes-tu? — dit Mme Bardin avec impatience.

— Oui.

— Alors, dépêche-toi!...

Et Geneviève, légère comme une sylphide, va prendre place auprès de son amant avec un visage aussi tranquille que si elle venait d'ordonner l'action la plus innocente.

Comme un serpent qui tourne autour de sa proie avant de s'élancer sur elle, afin de mieux voir le point le plus abordable, Misère décrit un cercle autour de sa victime, et Geneviève n'est pas encore assise, que déjà le malheureux Arabe est étendu sur le sable, baignant dans son sang, qui sort bouillonnant par une large blessure que le couteau de l'Espagnol lui a faite dans la poitrine.

Cette action a été si subite et si inattendue, qu'aucun des témoins de cette horrible scène n'a pu se douter de l'intention de l'Espagnol, ni s'opposer au meurtre qu'il allait commettre sur la personne de celui qui s'est donné en ôtage avec tant de confiance, et qui, dans les crispations de l'agonie, a encore le courage de sourire à son bourreau.

Stupéfaits de cet acte incompréhensible, que dans le fond de leur cœur ils considèrent peut-être comme un juste châtiment de l'attaque que Mohammed a dirigée contre eux, les gendarmes détournent la tête avec dégoût. Charles fronce le sourcil et ne dit rien, car il devine que Geneviève a voulu satisfaire un nouveau caprice. Il n'eût jamais cru toutefois à tant de cruauté de la part de cette jeune femme. Mais bientôt son étonnement fut au comble.

Geneviève, voyant son ennemi mort, s'élance légèrement à terre; elle paie généreusement l'Espagnol de sa peine en se laissant appliquer un gros baiser sur chaque joue; puis elle fait dépouiller l'Arabe de tous ses vêtements, et en institue Misère légataire universel. Elle foule de son pied mignon ce corps inanimé, elle l'examine avec curiosité, le picote à coups d'épingle pour s'assurer qu'il est bien mort, et lui crachant au visage pour dernière insulte, elle le quitte enchantée d'elle-même, et va reprendre sa place auprès de son amant...

La barque vogue alors vers Bône.

Un silence profond règne à bord, car chacun est impressionné par ce qui vient de se passer.

Geneviève seule a conservé toute sa gaieté, et elle cherche par tous les moyens à ranimer la conversation, sans pouvoir y réussir.

— Cette action nous portera malheur! — dit enfin le lieutenant en se penchant à l'oreille de la jeune femme.

— Ah! bah!... vous êtes un pronostiqueur de mauvaises nouvelles... — répond-elle en se renversant sur les genoux de son amant et en lui faisant un collier de ses bras caressants.

Puis une conversation mystérieuse et à voix basse s'engage entr'eux, comme s'ils étaient isolés du monde entier.

— Plaise à Dieu que mes prévisions soient fausses! — dit Charles au bout d'un instant. — Mais j'ai un pressentiment... Jamais mon cœur oppressé n'a battu si fort qu'en ce moment. Tout-à-l'heure, au plus fort du danger, ses pulsations étaient moins précipitées...

— Eh! c'est parce que tu n'avais pas peur!

— Oh! non, je n'avais pas peur, car le danger était là devant moi, tandis qu'en ce moment je le sens et ne puis le voir.

— Laisse donc ces idées noires, bonnes tout au plus à effrayer les enfants...

— C'est que j'ai peur pour toi... je crains qu'un malheur ne t'arrive... Je préférerais qu'il vînt me frapper, car la perte d'un de tes cheveux me serait plus sensible que la perte d'un de mes bras...

— Mais que peut-il nous arriver, mon ami?... Que nous manque-t-il en ce moment, bercés que nous sommes par la vague qui vient doucement caresser les flancs de notre nacelle?... L'air pur des flots ne vient-il pas rafraîchir ton âme? N'es-tu pas bien ici?...

— Oh! si fait, Geneviève... près de toi je suis bien... Quand nos âmes s'unissent en une seule, il me semble avoir trouvé le paradis sur la terre. Je t'aime d'un amour sans partage, et d'autant plus violent, que tu es la seule femme au monde qui ait fait battre sincèrement mon cœur... c'est toi la première qui l'as fait palpiter aux aspirations de l'amour!...

— Et moi, ne t'ai-je pas aimé dès le jour où nous nous sommes rencontrés sur la route du Caroubier, dès le jour où tu faillis m'écraser sous les pieds de ton cheval?... Oh! comme tu étais pâle et beau en t'informant si je n'étais pas blessée! comme ta figure devint rayonnante quand je t'eus répondu que j'en étais quitte pour la peur!

— Depuis ce jour, en effet, nous avons passé des moments bien doux... Mais, je te le répète, une voix intérieure me dit que nous supporterons le châtiment de ce meurtre, toi sans doute pour l'avoir fait commettre, moi peut-être pour ne l'avoir pas empêché!

— Charles, je t'en prie, ne parle pas ainsi, car tu ferais entrer le remords dans mon âme... et si je devais en avoir, ce ne serait pas à commencer par là.

— Je ne dis pas cela, ma douce amie, pour te faire de la peine, ni même l'ombre d'un reproche.

— Ferme-moi la bouche alors, car je pourrais t'en faire un, moi !...

Charles la regarda avec étonnement. Tous deux gardèrent le silence.

VIII.

Le Châtiment.

A ce moment, trois heures sonnèrent, heures fatales et solennelles retentissant dans l'espace avec un son lugubre et glacé, heures toutes mêlées de joies et de douleurs, de plaisirs et d'angoisses... — Oh! que ne s'animaient-elles d'un souffle surnaturel, comme la voix formidable et gigantesque qui, au jour du jugement dernier, traversera l'univers pour évoquer, de la profondeur du chaos, les âmes criminelles! Que ne portaient-elles aux oreilles des plus indifférents les premiers symptômes de l'ouragan destructeur qui allait les envelopper de son funèbre linceul! Ou plutôt, que n'empruntaient-elles un son pieux et divin! que ne convoquaient-elles les fidèles au saint lieu, afin qu'agenouillés sur la dalle froide et humide, en présence de l'Éternel, ils cherchassent, par leur humilité et leur abnégation des biens de la terre, à calmer la colère implacable d'un Dieu justement irrité!...

Mais tandis que l'heure fatale qui vient de sonner fait un pas de plus dans l'éternité, tandis que le moment de la destruction approche, d'insouciants mortels, ceux peut-être qui sont le plus menacés, se livrent à la joie et aux douceurs de l'amour!...

Fringante et svelte, une barque légère se joue sur la surface de l'onde. Traçant après elle, dans sa course rapide, un long sillon lumineux dans lequel viennent s'éteindre les rayons du soleil, elle laisse bien loin derrière elle et la côte d'Hippone, et ses ruines, et ses dangers. Luttant avec avantage contre les vagues agitées par la brise du soir, elle bondit fièrement sur leurs crêtes écumeuses.

Cette barque est celle qui ramène à Bône la petite société partie le matin. Tout à son bord respire le bonheur et la gaieté. Les gendarmes s'occupent de leur aventure, et leur conversation est animée.

Absorbés par une contemplation silencieuse, Geneviève et Charles, penchés l'un sur l'autre, distillant l'amour de leurs lèvres brûlantes, oublient le monde entier. Ils lisent dans leurs yeux le secret de leurs âmes, et ils restent indifférents à tout ce qui les entoure.

Les malheureux! ils ignorent ce que leur criminel amour cause de désespoir!...

Debout sur le bastion de la Casbah faisant face à la mer, un homme les observe... Cet homme, c'est Bardin! mais non plus le fier garde d'artillerie à la mine franche et réjouie, à la taille fine

et fortement cambrée, au bonnet de police coquet-
tement placé sur l'oreille... ce n'est même plus
l'homme du matin, tant il est difficile à reconnaître... Il faut que le désespoir qui le ronge au
cœur soit bien cruel pour l'avoir ainsi transformé!
Ses traits sont contractés, tiraillés en tous sens;
ses yeux flamboient et roulent dans leurs orbites
avec une fureur sourde et menaçante; ses mous-
taches, qu'il tord entre ses doigts avec une agitation convulsive, donnent à sa physionomie un
aspect sombre et repoussant. Des mots inarticulés
et sans suite sortent de son sein avec des gémissements sourds et étouffés. Ses vêtements sont en
désordre. En un mot, tout son être est bouleversé.

Qui pourrait reconnaître là Bardin, l'homme
d'habitude si tranquille et si doux, si fier et si
brave? Ne le prendrait-on pas pour un criminel
dont la conscience timorée lui apporte le châtiment précurseur de ceux qu'il subira dans l'autre
monde?

Depuis quelques instants, il se promenait à
grands pas, tantôt s'arrachant les cheveux, tantôt
se torturant le sein en maudissant l'existence,
lorsqu'en ce moment ses yeux se portent sur l'im-
mense étendue d'eau qui, comme un vaste horizon, se déroule à ses pieds. Un point paraît fixer
son attention : il l'examine d'abord, puis il semble
vouloir le couver du regard pour faire éclore à ses
yeux les personnages d'une manière apparente...
Mais bientôt il se ravise : il court chez lui, et reparaît un instant après plus animé qu'aupara-

vant... Il tient à la main une longue-vue, il l'ouvre avec une agitation extrême, la braque sur la mer, et y porte un œil avide et injecté de sang... il regarde... Tout-à-coup un tremblement convulsif agite tout son corps, ses dents s'entrechoquent avec violence, ses jambes fléchissent... et cependant il regarde encore!... Il n'en peut plus douter, c'est sa femme! sa femme, qu'il a toujours voulu, malgré les apparences, croire pure et chaste, suspendue au cou d'un indigne rival!... Il voudrait douter encore, car la distance est grande... mais le doute est impossible! Misère est là, debout sur le pont de la barque... Bardin ne peut s'y méprendre : ceux qui montent cette barque ont l'uniforme de la gendarmerie... et une femme est au milieu d'eux...

— Oh! c'est bien Geneviève!... — lui crie une voix.

Il se retourne, mais il ne voit personne près de lui. C'est la voix de l'âme qui a parlé!

Alors un accès de rage s'empare de Bardin... Il faut qu'il se venge! Mais comment?... Par un mouvement brusque et violent, il repousse l'un dans l'autre les tubes de cet instrument maudit qui vient de le convaincre de son malheur, il le serre avec fureur entre ses doigts crispés, et le regardant comme un projectile destructeur propre à anéantir à jamais, dans la profondeur des abîmes de la mer, cette barque fatale qui porte son déshonneur, il le fait tournoyer autour de sa tête et le lance dans l'espace de toute la force de son bras.

Démonstration insensée! effort impuissant! l'instrument va tomber à quelques pas de lui, tandis que la barque, s'inclinant doucement sous l'effort de la rame, rentre joyeusement au port.

— Malheur et damnation!— s'écrie Bardin en fureur. — Oh! mon Dieu, pourquoi n'avez-vous pas eu pitié de moi?...

Et il tombe anéanti sur le rebord du parapet. Puis il murmure tout bas :

— Moi qui l'aimais tant! moi qui voulais faire son bonheur!... Elle m'a trompé!...

Quand cet état de prostration morale est un peu calmé par la fraîcheur de la brise, Bardin se lève avec effort, il promène un regard égaré autour de lui comme pour se ressouvenir, puis il passe la main sur son front afin d'en chasser les sombres idées qui l'obsèdent... Alors, avec un effroyable serrement de cœur, il se dirige à pas lents vers sa demeure. Malgré les efforts qu'il fait sur lui-même, Bardin ne peut parvenir à calmer le feu brûlant qui dessèche en lui toutes les sources de sa vie. Une voix intérieure lui crie sans cesse qu'il est déshonoré !

— Mon Dieu! mon Dieu! — s'écrie-t-il, — moi qui la croyais si douce et si pure! moi qui lui ai donné mon nom! moi qui l'ai arrachée peut-être à une vie de misère! et c'est elle qui m'enlève d'un seul coup le fruit d'une longue et honorable carrière!... Oh! mon Dieu! mon Dieu!...

Alors, de plus en plus égaré, il s'arrache les cheveux avec désespoir... Un pistolet se trouve sous sa main... il le saisit, il l'arme, et le regarde avec complaisance... C'en est fait, il va s'arracher cette vie qu'il ne peut plus supporter... Il place le canon du pistolet dans sa bouche et il ferme les yeux... puis il appuie sur la détente... le chien frappe sur la capsule... mais aucune détonation ne se fait entendre... le coup a raté...

— Ah! c'est juste! — dit Bardin tranquillement. — Mon Dieu! j'accepte ton avertissement. Je sais bien que je dois mourir, mais non pas seul! Puisque ce sont eux qui ont rendu ma mort nécessaire, il faut bien qu'ils meurent aussi!... Oh! oui, c'est bien cela... Elle va rentrer après avoir passé une journée heureuse dans les bras de son amant, tandis que j'étais là en lutte avec le désespoir... Oh! elle sera belle, ma vengeance! oui, elle sera belle, et digne d'eux!... Elle va revenir avec le cœur plein de doux souvenirs, en repassant dans son esprit les douces jouissances qu'elle a éprouvées, en énumérant les baisers qu'elle a reçus ou donnés... mais je suis là, moi!...

Et un sourire amer contracte ses traits.

Cette pensée de vengeance et de mort verse un baume rafraîchissant sur les plaies vives de son cœur... Il mourra, mais ils mourront aussi!... La sentence est prononcée : il attend... Sa figure conserve toujours une expression de sombre désespoir, mais un désespoir muet, qui est d'autant plus effrayant qu'il paraît plus calme... Sa main n'abandonne pas l'arme qu'il a saisie, mais il la dissimule... il craint qu'on ne devine sa pensée, car alors on l'empêcherait de mettre à exécution sa légitime et terrible vengeance !...

Appuyé contre la cheminée, la main passée sous sa chemise, il se torture le sein, l'arrache, le déchire avec ses ongles... et sa physionomie reste impassible... Pas un geste! pas une parole! pas un soupir!... Il attend... Des pas légers se font entendre : il écoute... la porte s'ouvre... et Geneviève s'offre à sa vue dans tout l'éclat de sa beauté!

D'un bond, il s'élance vers elle.

— A genoux, misérable! — lui dit-il en lui saisissant le bras de son poignet d'acier et en la jetant à ses pieds, — à genoux! tu vas mourir!...

— Grâce! grâce! — s'écrie Geneviève saisie de terreur.

— Tu la demanderas à Dieu, ta grâce, infâme! — répond Bardin.

— Charles! Charles! au secours! — s'écrie encore l'infortunée en faisant des efforts désespérés pour s'arracher des mains de son mari.

— Oui, oui, appelle-le... il va venir... il va te secourir... mais ce sera aux enfers, où vous irez tous deux !...

Et il lui appuie le canon de son pistolet sur le front... une détonation se fait entendre... et Geneviève, tout-à-l'heure si joyeuse et si pleine de vie, tombe à la renverse, le crâne fracassé!...

Bardin la contemple pendant quelques instants d'un œil sec, puis il sort, et se dirige précipitamment vers la poudrière.

. . . .

M. Rolle, en rentrant, a trouvé chez lui un petit billet dans lequel on lui annonce qu'un de ses anciens camarades de régiment, qu'il n'a pas vu depuis longtemps, est arrivé à Bône, et qu'il l'attend à la Casbah.

Ce billet, c'est Bardin qui l'a écrit, et le malheureux Charles ne se doute pas du piége dans lequel il va tomber.

Il part. Arrivé à la Casbah, il s'informe au factionnaire, qui, ayant été prévenu par Bardin, lui répond qu'on l'attend à la poudrière.

Il se dirige de ce côté, et, voyant la porte entr'ouverte, il entre sans défiance. Mais à peine a-t-il franchi le seuil, que la porte se referme violemment sur lui... et il se trouve seul en face de Bardin, pâle, livide et couvert de sang!

. . . .

Quelques instants après, un sourd mugissement se fait entendre... une explosion succède, portant avec elle l'effroi et la consternation, la destruction et la mort!... La lumière du jour est interceptée par un tourbillon opaque de poussière, de débris et de fumée... un voile de sang couvre le soleil... des cris et des gémissements retentissent dans les airs... tous les cœurs sont saisis d'épouvante !... Puis tout se tait... les décombres retombent lourdement sur la terre... des membres palpitants couvrent le sol... un coup de vent emporte au loin la poussière et la fumée, et le ciel reprend sa sérénité...

Tout est fini : l'antique Casbah de Bône a disparu...

Ce n'est plus qu'un vaste tombeau !...

FIN.

Paris. — Imprimerie Dubuisson, rue Coq-Héron, 5.

www.ingramcontent.com/pod-product-compliance
Lightning Source LLC
Chambersburg PA
CBHW070816260626
47161CB00006B/2314